A Bonequinha Preta e outras histórias...

Mirian Fidelis Guimarães

A BONEQUINHA PRETA E OUTRAS HISTÓRIAS – Mirian Fidelis Guimarães

Copyright © 2015 Mirian Fidelis Guimarães

All rights reserved.

ISBN-10: 1522769218
ISBN-13: 978 - 1522769217

Para todos que no fundo no fundo ainda possuem um coração infantil...

Introdução

1	A Bonequinha Preta	7
2	O Príncipe Sapo	10
3	Cinderela	12
4	A Folha Verde	13
5	Que Soneca!	16
6	A Bela e a Fera	19
7	A Bailarina	20
8	Os Três Porquinhos	23
9	Pinóquio	26
10	Cachinhos Dourados	28

INTRODUÇÃO

Esta coletânea de contos de fadas é uma releitura de sete dos mais famosos contos conhecidos pelas crianças em todo o mundo.

Os três contos inéditos não deixam nada a desejar, seguem o mesmo padrão dos contos tradicionais, são elaborados e cheios de esperança, exatamente como deve ser. Juntando os contos ao total são dez. Dez maravilhosos e encantadores contos.

Uma releitura é algo bem divertido, por meio dela conhecemos outras versões da mesma história, é algo fascinante e ao mesmo tempo inovador.

Você já imaginou o Lobo Mau enviando um e-mail para os três porquinhos pedindo desculpas por não os ajudar na construção de suas casas por que estava doente? E a Branca de Neve escrevendo uma carta para a Rapunzel contando sobre o casamento da Princesa e do Sapo? Não podemos esquecer-nos da poesia rimada da Bela e da Fera e da manchete de jornal sobre o resgate de Gepeto pela marionete de madeira Pinóquio...

São tantas histórias novas e ao mesmo tempo antigas que você vai ficar ansioso para descobrir o final.

Enfim, a seguir você irá desvendar o que fazer se, por acaso, certo dia ao voltar da escola, em uma curva encontrar uma velha Bruxa próxima a uma árvore...

Mirian Fidelis Guimarães

A Bonequinha Preta

Vivi adorava bonecas. Possuía uma coleção bem ampla. Havia bonecas de todos os jeitos, formas, loiras, ruivas, orientais, morenas... Uma variedade enorme. Bonecas de porcelana articulada ela tinha uma dezena, adorava penteá-las, trocar suas roupas e deixá-las em cima do móvel para que todos as contemplassem.

Certo dia estava dormindo, era mês de maio e o vento frio deixava nas calçadas folhas de árvores marrons e secas. Vivi dormia profundamente, estava meio adoentada e não podia sair para brincar lá fora com as outras crianças. Sentia-se muito infeliz, passava longas horas deitada ou olhando suas bonecas.

Naquele dia algo surpreendente aconteceu, sua avó chegou com algo dentro de uma sacola reluzente e os olhos da garota começaram a brilhar... Era uma boneca de pano de uns 50 cm de altura, usava um vestido de cor amarela, meias brancas e sapatos vermelhos, lindos sapatos com enormes laços de fita. O cabelo era espesso, feito de lã preta, a boca vermelha, grande e torneada lembrava um coração. Vivi nunca havia visto uma boneca tão linda como aquela e ela tinha muitas. Tirou-a da sacola o mais rápido que pode, era uma linda boneca de cor preta!

— Vovó, que linda boneca é esta.... Nunca vi igual, é a primeira boneca que ganho de pano e preta, será a minha preferida, muito obrigada!

Depois de algum tempo, a menina ficou boa, e pode ir até lá fora brincar com seus amiguinhos e adivinhe só qual o brinquedo que ela sempre levava? Isso mesmo, sua bonequinha preta. Ela brincava de casinha, de escolinha, de esconde-esconde e a bonequinha sempre estava presente. Na hora de dormir deitava-a em seu travesseiro e a cobria. Era um grude só, não a soltava por nada. Até para a escola a menina a levava, escondido é claro, pois a professora, muito tradicional, não permitia brinquedos na sala de aula nem às sextas-feiras quando geralmente as crianças eram liberadas para que os levassem.

Em viagens ela também levava a boneca, sentava-se a mesa com ela, dava comida em sua boquinha, cantava para que ela dormisse, enfim a boneca tornou-se praticamente sua filhinha. Não deixava ninguém a segurar, só de vez em quando e mesmo nestas situações a pessoa precisava lavar muito bem as mãos para não a sujar.

    O tempo foi passando e a menininha foi crescendo. O quarto foi mudando aos poucos, já não se via mais brinquedos espalhados pelo chão. No lugar havia CDs e DVDs, na mesinha onde antigamente ficavam os jogos estava lotada de esmaltes e maquiagens. Só o móvel com as bonecas é que continuava igual, todas ainda estavam lá.

    O curioso é que a bonequinha preta continuava sobre sua cama, claro que ela não levava mais consigo nos lugares, suas amigas continuavam a visitá-la, mas agora se reuniam para ouvir músicas, assistirem filmes, conversar sobre garotos e fazerem as unhas. Tudo havia mudado. A menina de outrora havia se tornado uma linda adolescente.

    Mesmo depois de adulta, quando retornava dos passeios com seu namorado, a bonequinha preta estava em sua cama esperando-a. Se estivesse triste ou houvesse brigado, era com a bonequinha que ela se consolava.

    O tempo passou mais, a adolescente tornou-se uma linda mulher. Agora era independente, trabalhava, estudava, viajava, mas em seu coração a bonequinha reinava.

    Um dia arrumou as malas, guardou as demais bonecas em um baú de carvalho, colocou a bonequinha preta na cama, olhou o quarto pela última vez e com um sorriso triste fechou a porta. Desceu as escadas com lágrimas nos olhos, lá embaixo o marido a esperava. De repente parou, colocou as malas no chão e subiu correndo novamente. Minutos depois descia com a bonequinha preta nos braços, num abraço forte e apertado, o sorriso enorme iluminava seu rosto. Até a bonequinha parecia sorrir. Então se despediu de todos, entrou no carro e partiu.

    Dois anos depois, Vivi estava sentada em um quarto todo rosa, lilás e branco. A cortina de bolinhas era tão leve que deixava passar uma luz diáfana por seu tecido. Embalando um bebê ela sorria, então o colocando no berço saiu para passear no jardim, depois voltou para o quarto trazendo a bonequinha preta.

    — Esta é a bonequinha que mais amei no mundo, quando você estiver um pouco mais velha será sua, espero que cuide tão bem quanto eu cuidei — disse Vivi para o bebê que sorrindo do berço chupava o dedo da mão — o nome dela é Bonequinha Preta!

Vivi beijou a filha que começava a dormir, saiu do quarto com a boneca nas mãos e colocando-a cuidadosamente deitada em sua cama, cobriu-a e saiu fechando a porta suavemente.

O Príncipe Sapo

"De um poço saiu para o deleite real... Deitou-se em um travesseiro de plumas e conseguindo um beijo doce da princesa, assinou sua alforria e viveram felizes para sempre".

Rei Felício *Rei Alegrino*
Rainha Felicidade *Rainha Alegria*

Convidam para cerimônia religiosa do casamento de seus filhos

A Princesa *&* *O Sapo*

A realizar-se no dia doze de dezembro de dois mil e vinte, às dezenove horas no Castelo de Diamantes, à estrada Principal da Floresta Feliz, 123 — Bosque da Alegria — Mundo de Faz-de-Conta —M.F

Castelo de Diamantes, 123 *Castelo de esmeralda, 456*
Floresta Feliz - Bosque da Alegria *Terra do Nunca – Faz-de-Conta*

Contamos com a presença de todos os leitores.

Querida amiga,

Estou enviando o convite de casamento da Princesa e do Sapo que se realizou sábado passado. Foi uma festa lindíssima com muita música comida farta e vários príncipes, consegui o telefone de pelo menos três deles. Vou pensar se entrarei em contato ou não.

Ainda não entendi o motivo pelo qual você não apareceu, não é desculpa a altura da torre, já que você joga seu cabelo para os outros subirem quando bem entende.

Só espero que não se arrependa, perdeu a maior festança. Dorothy se desviou um pouco do caminho das pedras amarelas só para felicitar o casal, deixou beijos para você.

Vovó continua de cama e Chapeuzinho Vermelho levará para ela uns docinhos mais tarde.

Eu não comi muita coisa por que a maçã que minha madrasta me deu já havia me satisfeito, só não consegui acordar Bela Adormecida a tempo, ela tem um sono muito pesado e se eu ficasse por lá para acordá-la acabaria perdendo o casamento.

Não demore em responder minha carta, estou com muita saudade. A propósito, Peter Pan passou por aqui e disse para ficar tranquila que o passeio combinado para a Terra do Nunca ainda está em pé.

PS: João mandou perguntar se você já plantou os feijões que ele te deu...

Beijos
Branca de Neve

Cinderela

Cinderela muito bela
Esticava sua canela
Enquanto com a flanela
Limpava sua janela

Ela muito alegre
Limpava com esperança
Esperando que sua madrasta
A deixasse entrar na dança

Chegando ao fim do dia
Não teve muita alegria
Sua madrasta quem diria
Jogou-lhe um balde de água fria

A madrasta enraivecida
Deu-lhe um tapa e uma sacudida
Empurrou-lhe na escada
E sorrindo virou-lhe as costas em despedida

Ao chorar desesperada
Viu uma luz na sacada
Era uma fada encantada
Que a vestiu em disparada

Chegou ao baile e dançou apaixonada
Ao ouvir a badalada
Saiu em arrancada
Perdendo o sapato na escada

Certo dia a sol quente
A campainha tocou de repente
Era o príncipe sorridente
Que a buscava para sempre!

A Folha Verde

Há muitos anos, existiu uma árvore na beira de uma estrada antiga, onde fazia uma curva acentuada e passava rente a um riacho. Todos os dias, as crianças na volta da escola subiam na árvore e entravam descalças no riacho. Sentiam o contato frio da água em seus pés, inspiravam o doce perfume das flores e se refrescavam com o respingar da água em seus rostos.

Tudo era tranquilo até chegar em casa. A mãe, uma megera, os obrigava a trabalhar sem descanso, batia, arranhava e puxava-lhes os cabelos. As crianças viviam maltrapilhas e esfomeadas, enquanto que a mãe estava sempre bem vestida, descansada e corada.

Certo dia, na volta da escola, Pedro, o mais velho disse:

— Vou correr e chegar primeiro no galho mais alto da árvore!

— Não vai mesmo, — replicou João — eu é que vou correr.

Saíram em disparada ladeira abaixo, João por ser o menor não tinha tanta agilidade quanto Pedro e acabou chegando bem depois. Ao se aproximar da árvore, deparou-se com uma velha bem velha, vestida toda de preto, de botinas e com um xale jogado nas costas.

— Olá meus garotos, querem ficar ricos?

— Ricos? — disse Pedro — É claro que queremos, mas o que precisamos fazer?

— Nada demais, basta subir na árvore e arrancar a folha mais alta que você vir, mas precisa ser uma folha verde e brilhante.

— Só isso? Farei agora! João me ajude a subir!

Os dois garotos correram a arranjar pedras grandes para subirem mais alto, escorregavam, caíam, voltavam para o pé da árvore, mas não desistiram de jeito nenhum. Em dado momento, Pedro esticou o braço o máximo que pode e tirou de um galho fraquinho a única folha verde e brilhante, desceu todo empolgado e entregou-a a senhora como se fosse um troféu.

— Muito bem, meu rapaz! Agora, quando chegar em casa irá correndo para o celeiro e no último cocho colocará esta folha na boca do cavalo que lá se encontra, tapará os olhos do animal, sairá e não olhará para trás. Na manhã seguinte, antes que todos se levantem, irá sozinho até a beira do riacho e jogará um cacho de seu cabelo na água corrente.

— E quando ficarei rico?

— Logo! Mas faça exatamente da forma que te falei.

A velha, dando um suspiro alto, cuspiu na cabeça das duas crianças e foi embora cantando uma velha cantiga de ninar.

As crianças assustadas voltaram para casa correndo, mas qual não foi a surpresa quando viram sua mãe os esperando no portão. Ela estava tão zangada pela demora deles que os arrastou para dentro da pequena casa pelos cabelos. Bateu tanto, mas tanto, que o pobre Pedro acabou perdendo a folhinha.... Puxa vida, e agora? O que fazer? Não teve outro jeito, limparam toda a casa e como castigo foram dormir com a barriga vazia.

— Pedro, estou com fome!

— Tome água, João, que passa!

— Pedro, estou com fome!

— Não posso fazer nada, eu também estou com fome, vire para o outro lado, feche os olhos e durma.

Já era bem tarde, quando as crianças escutaram uma movimentação do lado de fora da casa.

— O que será isso Pedro?

— Não sei, vamos esperar para ver o que acontece!

Saíram de fininho e viram amarrado na argola da janela uma pequenina fita vermelha e na ponta desta a folha verde da árvore.

— Nossa folhinha! — disseram as crianças animadas, mais que depressa correram a fazer tudo o que a velha havia dito.

Na manhã seguinte, depois que Pedro voltara do riacho e já estava limpando a lareira, sua mãe o olhou e, soltando um grito horrendo, explodiu em milhões de pedaços.

As crianças choravam muito quando de repente pela porta entrou a velha segurando uma linda mulher pela mão, com um sorriso amável e bondoso. Foi Pedro que gritou primeiro:

— Mamãe?

— Isso mesmo, meu filho, você conseguiu quebrar o feitiço que estava em mim há tantos anos. Quando o pai de vocês morreu, o rei deixou toda a fortuna de herança para nós e não para a madrasta dele. Ela se zangou e me transformou em égua, ocupando assim meu lugar na casa, fazendo que vocês trabalhassem como escravos. Ainda bem que vocês encontraram esta boa velha bruxa que pode desta forma retirar o encantamento. Estou orgulhosa de vocês.

A velha tomou de seu bolso a folha verde da árvore picando-a em mil pedaços espalhando-os pela casa inteira. No mesmo instante houve um grande tremor de terra e das profundezas surgiu um lindo e claro castelo.

— Lá está meu trono e ali um rio de suco de groselha, podem ir se lambuzar!

E foi assim que tudo voltou ao normal na casa de Pedro e João, eles tiveram momentos maravilhosos ao lado da mãe e da boa e velha bruxa de xale preto e botinas, e viveram felizes para todo o sempre...

Que soneca!

Querido diário:

Nem sei bem como tudo isso aconteceu, os fatos ainda estão muito confusos em minha mente, ao que parece o início foi logo após o meu nascimento...

Lembro-me de estar deitada em meu bercinho certa noite. Pelo jeito era noite de festa, havia muitas pessoas bem vestidas em um amplo salão, fogos coloridos explodiam no céu e caíam em forma de cascata como inúmeras estrelas.

Ouvia-se um burburinho baixo e alegre, muitas mulheres sorriam e crianças gritavam alegres por entre os convidados.

Papai e mamãe não paravam de sorrir e me ajeitar, até comecei a chorar...

Minhas madrinhas também vieram e ganhei vários presentes geniais como: beleza, canto e... Bem, não me lembro do terceiro presente, na hora tudo ficou muito estranho, confuso, escuro, uma fumaça negra invadiu todo o ambiente, só me lembro de ser pega por minha mãe e sentir o perfume de seus cabelos presos em forma de coque.

Bem, meu querido diário, muito tempo se passou e eu completei dezesseis anos, estava me tornando uma quase adulta, quero dizer jovem.

Morei minha vida toda com minhas madrinhas e hoje exatamente seria o grande dia em que eu regressaria para a casa de meus pais.

Tudo estava perfeito até eu escutar chamarem meu nome, fui andando na direção da voz e subi uma escada em caracol interminável, parei em frente uma portinha que se abriu assim que eu me aproximei. Sabe diário, não foi uma sensação muito agradável, mas continuei e encontrei uma velha bem velha, feia e malvestida mexendo em uma peça bem velha, era muito antiga e fazia um ruído toda vez que a enorme roda girava. Esta peça produzia um fio interrupto. Descobri que a aquela velha máquina era um tear, uma antiga peça de fiar, ou seja, um aparelho que produzia o fio para tecer os tecidos e fazer nossas roupas. Fiquei encantada, é claro que eu precisava experimentar saber qual a sensação de fazer o fio da própria roupa...

Os acontecimentos a seguir são muito vagos. Para falar a verdade não me lembro de quase nada, só me lembro de ser arrumada e deitada em minha cama. Que sono eu sentia, eu só queria dormir e dormir.

Não sei ao certo quanto tempo passei dormindo, só sei que foram anos pelo que o príncipe encantado me contou depois.

Um dia, ele estava passeando pela floresta e deparou-se com uma mata muito espessa. Como ele gosta de aventuras, lutas e mistérios resolveu embrenhar-se mata adentro. O caminho era difícil, muitos espinhos que rasgavam sua camisa e capa, perfuravam seus dedos e machucavam seu cavalo.

No meio do caminho havia pedras, muitas pedras gigantes, cipós, serpentes, mosquitos... Vez ou outra aparecia um animal selvagem como urso, onça e até mesmo um jacaré, pois havia um brejo logo ali pertinho.

O pior de todos os obstáculos foi conseguir derrotar o enorme dragão que guardava a entrada do castelo, ele cuspia fogo e de suas narinas saíam grossas nuvens roliças de fumaça. Fazia um barulho enorme quando abria e fechava as asas.

Com muito sacrifício ele venceu o dragão, cortando sua cabeça e cravando a espada em seu coração e como num passe de mágica, toda a densa floresta sumiu os arbustos, cipós, espinhos e animais ferozes desapareceram deixando a mostra apenas o castelo com seu esplendoroso jardim.

O príncipe bisbilhoteiro entrou pela porta principal e viu que todos, sem exceção, dormiam. Era um sono profundo e relaxante, até ele ficou sonolento e pensou em dormir um pouco.

Ele começou a percorrer todos os cômodos e todos estavam dormindo.

"Só pode ser feitiço! " — pensou ele.

Pois então, ele foi andando por todos os cantinhos, passando por todas as frestas, até que encontrou uma escada em caracol que ia dar na torre mais alta.

Entrou e qual não foi sua surpresa a me ver deitada em uma cama cor-de-rosa repleta de edredons macios e cheirosos. O quarto estava iluminado apenas pelo pôr do sol que invadia com seus raios fracos a janela mesclando sombras no meu rosto.

Chegou mais perto, os lábios macios encostando-se aos meus como botão de rosa. Tudo ali era perfeito demais igual a pintura de um quadro.

Senti como se uma corrente elétrica passasse por todo o meu corpo naquele momento e abri os olhos espantada, ele olhava para mim e␣sorria, o sorriso mais lindo e perfeito que eu jamais vira.

Pois bem, minha história de amor começou assim, no momento em que eu acordei e agora todos lá embaixo estão preparando o salão de festas para o meu casamento.

Parece que as princesas realmente se casam e vivem felizes para sempre... Saberei só mais tarde quando finalmente direi o "sim". Até lá, acho que vou tirar uma soneca para relaxar...

Até amanhã, querido diário!

A Bela e a Fera

Bela era realmente bela
Fera um verdadeiro monstro
Ela sofreu coação, amá-lo ou não?
Ele teve a solução

Uma troca foi o preço
Por conta de um mau começo
No lugar de uma rosa vermelha roubada
Ela fora obrigada a viver com Fera isolada

No castelo a moça morou
O monstro a amar começou
O tempo apenas passou
E o amor finalmente o encontrou

Quando Bela foi embora
Fera jazia no chão
Bela voltou na hora
Fera, não

Bela começou a chorar
Fera no chão a agonizar
Bela matou Fera
Fera morreu por Bela

Um beijo foi o adeus
Fera fechou os olhos seus
Uma densa nuvem o envolveu
Fera desapareceu e o príncipe renasceu!

A Bailarina

Era uma tarde como outra qualquer. Os raios do sol entravam pela fresta da janela e se estendiam preguiçosos sobre o assoalho de madeira clara. Os móveis modernos e brilhantes refletiam com a luminosidade que entrava. Em cima do aparador próximo a entrada estava ela, linda, branca sem nenhuma imperfeição, sua roupa rosa de tule e esvoaçante balançava com a brisa que entrava pela janela. Os braços estendidos para o alto da cabeça, a perna direita bem reta e a esquerda para trás fazia um perfeito ângulo gracioso de 90°. O coque puxava todo o cabelo castanho avermelhado para cima e cintilava com o glíter que havia nele. Pareciam pequenas partículas de água de tão vivo que era seu brilho.

No canto da sala a Orquídea comentava com a Samambaia e o Jasmim:

— Ela é tão arrogante! Já está lá há anos e nem sequer nos cumprimentou um único dia. Quando a cumprimento, faz questão de olhar para o outro lago girando sua perna suavemente. Qualquer dia cai de lá e se espatifa no chão e aí será um punhado de porcelana quebrada!

A Bailarina olhava para aquelas plantas ali paradas e pensava:

— Coitadas. São tão feias não possuem nem um pouco da graciosidade que eu tenho. Não giram, não possuem roupas e não conseguem esticar a perna tão alto quanto eu, e o melhor ainda, consigo ficar assim a vida toda e sem me cansar. Até parece que eu vou conversar com aquele monte de mato. Sou linda e de porcelana fina e a luz que me cobre ofusca a visão de todos, vou levantar mais meu queixo e minha perna, quero mostrar como sou flexível e bela.

A pequena Bailarina levantou o máximo que pode sua perna de porcelana e como uma borboleta girou suavemente na ponta do pé. O Jasmim ficou encantado...

— Quisera eu que ela me desse bola um único dia...

A Bailarina continuava altiva em seu aparador próximo a porta de entrada. A luz diáfana que entrava pela janela a deixava mais linda e intocável. Ela fazia questão de não olhar para aqueles arbustos grotescos que ficam enfeiurando os cantos da sala.

— Vou erguer minha perna mais alta!

Desta forma os dias na enorme sala passavam normalmente, as flores conversavam entre si e a Bailarina sempre altiva não respondia nada do que lhe perguntavam... Era uma espécie de anjo perdido no meio de tantas coisas sem utilidade.

Muitas vezes ao cair da noite o Jasmim tentava puxar conversa e ela virava para o outro lado, ele ficava muito triste e dormia todo murchinho. As outras plantas reprovavam o jeito estúpido da Bailarina, mas ela não ligava e cada dia que passava tornava-se mais arrogante e irritável.

— Não consigo entender como estas plantas sem cor conseguem gargalhar tanto... São tão feias, sem graça e sem atrativos.... Eu que não me misturo com elas! — Pensava a Bailarina.

Certo dia de muito calor, a janela da sala estava escancarada e por ela entrava um bafo quente e pesado, as cortinas nem balançavam e as plantas estavam todas murchas e caídas. A bailarina estufou o peito, ergueu mais o queixo e pensou:

— Sou a mais bonita e este calor não me deixa feia, muito pelo contrário a cada raio de sol que esbarra em mim cintila um brilho diferente!

De repente a porta se abriu ruidosa e o garotinho de fraldas entrou correndo arrastando seu carrinho pela mão e indo esborrachar-se ao pé do aparador. Não deu tempo de fazer nada, em questão de segundos a exuberante Bailarina girou sobre o aparador dando um salto gracioso e longo e caindo direto no piso de madeira clara. Foi caco de porcelana para todos os lados e uma nuvem de glíter ficou pelo ar por um bom tempo.

— O que houve? Será que irão me colocar em um lugar de maior destaque? Finalmente ficarei longe desta selva!

Os dias passaram calmos, o lugar da Bailarina permanecia vago e com uma leve camadinha de pó fino. O Jasmim não parava de se lamentar, até a cor estava perdendo deixando suas folhas amareladas e ressequidas.

Certa tarde, o sol batia em cheio sobre o aparador, fazia muito calor e as plantas estavam dormindo, só o Jasmim estava acordado. Ele viu a moça que colocava água para eles todos os dias limpando o aparador e cantarolando. Quando esta saiu da sala, deixou no lugar uma belíssima Bailarina de roupa azul claro, fita prateada nos cabelos e sapatilha prateada, o glíter de seus cabelos e vestido criava uma aura multicolorida em torno dela. Era graciosa, tez branca, faces rosadas, estava com a perna erguida do mesmo modo gracioso que da outra Bailarina, mas esta tinha algo mais.... Tinha um sorriso lindo no rosto.

 O pobre do Jasmim perdeu a fala. Arregalou os olhos e acordou todas as outras flores que dormiam. A Samambaia no canto oposto bocejou e espreguiçou seus longos galhos que esbarraram no piso, a Orquídea que sempre estava com a cabeça meio abaixada levantou e fez um comentário sussurrado:

 — Boa tarde, linda Bailarina!

 A Bailarina olhou, abaixou a perna, esticou o pescoço para olhar para baixo e como não avistou ninguém voltou a sua posição inicial.

 — Deve ser como a anterior, Jairo! Disse a Orquídea para o Jasmim.

 — Oh não, deixe-me explicar, por favor! Não sou assim não, adoro conversar, mas não sei quem está falando comigo.... Não vejo ninguém...

 O Jasmim esticou bem seus galhos, derrubou suas folhas amareladas e sorrindo, chamou:

 — Psiu, estamos aqui por toda a parte, somos flores e gostaríamos muito de conversar com você!

 A Bailarina olhou a sua volta e viu pares de olhinhos negros bem pequenos e brilhantes olhando ansiosos para ela.

 — Fico encantada com tantas maravilhas ao meu redor, sei que seremos excelentes amigos, querem-me ver girar na ponta dos pés?

 E assim dizendo girou graciosa sobre o aparador...

De: Lobo@maldoso.com.br
Para: Os três Porquinhos
Assunto: Não poderei comparecer!

Caros amigos Porquinhos, aliás, três Porquinhos.... Infelizmente não poderei comparecer, minhas pernas estão doloridas, sinto um enorme peso nas costas e minha cabeça parece que vai explodir, tive muita febre também esta noite, fora que não conseguia sair de meu banheiro, tamanha era a dor de barriga que eu sentia. Para piorar, comecei a vomitar, estava-me sentindo meio dengoso e logo amedrontado resolvi aparecer no consultório do Doutor Arara.

Foi dificílimo ir até lá, subir aquele monte de galhos, eu escorregava e a dor no corpo não ajudava, os espinhos dos cipós me arranhavam e eu só tinha vontade de me deitar na relva e adormecer. Finalmente consegui chegar até a copa da árvore, ainda não entendo por que ele fez um consultório tão alto, se bem que é bem arejado e a vista é magnífica.

Logo de início ele começou com uma bateria de exames, pediu para que eu pulasse com um pé só, depois com os dois, disse para eu me deitar na maca e com seu estetoscópio olhou dentro de minhas orelhas e resmungou.

— O que houve doutor? Por que puxa tanto minhas orelhas?

— É para vê-las melhor.

Fiquei mais calmo e ele prosseguiu com seus exames. Eram muito doloridos não irei negar, por muitas vezes tive vontade de chorar tamanha era a dor que eu sentia, mas como doutor Arara sabia o que estava fazendo, eu continuei quieto.

Doutor Arara falava mais do que um papagaio tinha uma voz de gralha, era alta, rouca e estridente, começou por apertar meu focinho e girá-lo.

— Ai, ai, ai, Doutor, por que está fazendo assim?

— Calma, meu bom lobo, é apenas para vê-lo melhor.

Meio cabreiro sentei-me na maca a pedido dele e então, se não bastasse ele veio com um aparelho comprido, parecia uma caneta na qual havia uma pequena luz na ponta e olhou dentro de meus olhos.... Não aguentei e urrei de dor, pois meus olhos estavam irritados, vermelhos e inchados e aquela luz clara os fazia arder e lacrimejar mais ainda.

— Uau, Doutor, minhas vistas estão irritadas, por que fez isso?

— É só para vê-las melhor, não se preocupe que só falta um exame e saberei o que você tem.

Acabrunhado pela dor, levantei-me e caminhei até a porta do consultório do Doutor Arara, ele ainda continuava a falar sem parar e minha cabeça latejava de tanta dor, parecia que iria explodir a qualquer momento, foi quando ele me pediu para assoprar com toda a força dos meus pulmões para ver se eu conseguia arrancá-la das dobradiças, não deu outra, fui todo garboso e assoprei uma, duas, três vezes e nada, a porta continuou intacta. Meio sem jeito disse a ele que havia assoprado fraco demais e que tentaria mais uma vez, ele sempre falando, batendo as asas e gritando concordou com a cabeça. Então, coloquei-me bem ereto, inflei meus pulmões, estufei bem o peito e assoprei, assoprei até sentir minha barriga grudar em minhas costas.... Não aconteceu nada, a porta continuava ali, forte, firme, rígida, não havia sequer aberto um pouquinho. Então Doutor Arara me olhou e disse:

— Estou notando que está muito dengoso, meu diagnóstico é que está com dengue, você tem todos os sintomas, dor de barriga, febre, dores no corpo, vômito.... Está dengoso demais! Vá para casa, repouse, tome muito líquido e descanse bastante.

— Mas Doutor, eu havia combinado com os três Porquinhos de ir até lá ajudá-los a construírem suas casas... Uma de palha, outra de madeira e a última de tijolos.

Doutor Arara me olhou feio, ajeitou seu pincenez na pontinha do bico, abriu as asas e batendo-as gritou com sua voz esganiçada:

— Já para casa repousar e volte aqui depois de sete dias!

Corri tão rápido que nem consegui descer direito de seu consultório, escorreguei pelo tronco da árvore quebrando todos os galhos que estavam pela frente, perfurei minhas patas, as quatro nos espinhos dos cipós e caí no chão de terra com tanta força que na hora destronquei minha cauda. Cheguei em casa mais cansado do que quando fui ao consultório.... Desculpem-me, não poderei ajudá-los, mas não se preocupem, estou aqui em minha toca com o binóculo nas patas só para vê-los melhor, assim que estiver bem irei visitá-los levando docinhos e bolos. Não se preocupem, irei pela floresta que é o caminho mais rápido e seguro, pois afinal de contas, o lobo sou eu! Até mais, Porquinhos!

Extra, extra: boneco de pau salva ancião de 85 anos em pleno alto mar!

Na madrugada de ontem por volta das 03h00 um menino todo entalhado em madeira conhecido pelo nome de Pinóquio entrou em alto mar carregando apenas um bote salva vidas para tentar resgatar seu pai Gepeto, um ancião de 85 anos construtor de marionetes muito pobre e conhecido em sua vila.

O furdúncio que o garoto causou, deixou toda a cidade em polvorosa, crianças, jovens, adultos e adolescentes encontravam-se na margem da praia aguardando o retorno dos dois sem sucesso.

Curiosos diziam terem visto Pinóquio no meio de um grandioso redemoinho em seu bote quando foi supostamente engolido por uma enorme baleia branca. Seria esta a tão famosa e temida dos sete mares, Moby Dick? Não sabemos, o que se sabe é que depois de 14 dias desaparecido, Pinóquio e Gepeto vieram aparecer na areia da praia trazidos pela maré.

"Foi muito difícil e perigoso" dizia Pinóquio ao repórter. "Tive muito medo de nunca mais ver meu pai".

Gepeto mais calmo, enxuto e agasalhado explicou tudo o que aconteceu, saíra para pescar em alto mar quando a enorme baleia branca o engoliu. Sem esperanças de voltar a pisar em terra firme estava habituando-se a viver no ventre da baleia quando Pinóquio apareceu com seu bote também engolido por ela. Passaram muitos dias tentando resolver o problema, quando depois de tanto pensar tiveram a brilhante ideia de fazer a baleia os expelir para fora.

"Pinóquio" disse Gepeto, "Sairemos por suas narinas que estão localizadas no alto de sua cabeça. Quando a baleia sobe à superfície após a imersão prolongada ela expulsa por meio destes orifícios o ar quente e úmido de seus pulmões, o qual se condensa em contato com a atmosfera formando uma coluna de gotículas de água, aquele famoso jatinho, os pulmões da baleia são extraordinários Pinóquio, pois ela consegue inspirar o ar e expirá-lo 20 minutos depois, é só esperarmos a água entrar e nos expelir para fora".

Desta forma foi fácil para os dois conseguirem sair de dentro dela. Logo que se viram livres juntamente com seu bote remaram para praia quando sua embarcação rasgou em uma pedra no meio do mar e eles foram arrastados pela maré.

Não houve danos permanentes, o menino de madeira e seu pai passam bem e já se encontram em casa construindo novas marionetes.

Quarta-feira de susto na casa da Família Urso

Na tarde de quarta-feira passada, um acontecimento bizarro incidiu no coração da Floresta Encantada na Terra do Faz-de-Conta.

Inescrupulosamente, a casa da família Urso foi invadida por uma Garotinha que desapareceu depois do ocorrido, ao ser flagrada pelo clã e até o momento não se tem informações sobre o seu paradeiro.

Conforme a narrativa dos Ursos, pela manhã da quarta-feira em questão, ao saírem de casa para seu passeio matinal enquanto o mingau de aveia preparado pela matrona esfriava, a tragédia aconteceu.

Papai Urso explicou que ao chegarem à casa depara-se com suas tigelas de mingau remexidas e a do bebê Urso em frangalhos, suas cadeiras também estavam em lugares diferentes e a do bebê novamente em pedaços.

"Senti de imediato que foi um crime premeditado, que estão querendo fazer mal para meu filhote" disse Papai Urso com a voz embargada. Mamãe Urso foi mais categórica "Estão querendo destruir minha família, por que só mexeram nas coisas de meu bebê? ".

Sentindo-se ameaçados com o vandalismo em sua residência saíram procurando indícios de mais desordem quando levaram o maior susto de suas vidas.

Havia em uma das camas, uma Garotinha loira deitada dormindo de bruços.

Papai Urso contou ao policial que Mamãe Urso tão assustada e amedrontada soltou um grito altíssimo, acordando a garota imediatamente, esta correndo em direção à porta esbarrou na cadeira que estava no meio do caminho rasgando o laço que prendia seu cabelo.

As autoridades insistem que os animais fiquem em suas casas e não saia de forma alguma, ela pode ser muito ameaçadora.

Por favor, tranquem suas portas e janelas, a criminosa aparenta ter de cinco a seis anos, cabelos até os ombros e cheio de cachinhos dourados, tez pálida e bochechas rosadas, está usando uma camisa branca de babados com jardineira azul cobalto, se alguém a vir, entrar em contato imediatamente com a polícia.

Repetindo: tranquem suas janelas ela aparenta ser uma criatura dócil e encantadora, mas não se engane ela é extremamente perigosa e famélica.

Fim

SOBRE O AUTOR...

Paulista de 35 anos, Mirian Fidelis Guimarães começou a escrever cedo, aos 15 anos escreveu seu primeiro livro que só foi publicado em 2008. "Minha Amada Mona Lisa" saiu pelo selo Marco Zero, da Editora Nobel. O lançamento foi feito na 20ª Bienal do Livro de SP.

No início de 2014, a autora publicou pela Amazon em plataforma digital o livro "Nessie: o verdadeiro tesouro da Escócia", ficção romântica sobre o monstro do lago Ness e agora assinou contrato com a Editora Garcia Edizione a qual lançou no final de agosto este mesmo título.

Mirian Fidelis Guimarães nasceu no final da década de 70 e teve sua infância nos anos 80 e 90, décadas que marcaram uma geração com muita criatividade, imaginação e encantamento.

Isso teve grande influência na vida da escritora Mirian, que se formou - pela vida - como uma contadora de histórias...

Formada pela Universidade Nove de Julho no curso de Pedagogia, Mirian exerce, profissionalmente, uma carreira burocrática em uma Secretaria de Estado de SP, mas isso não lhe tira o brilhantismo e o sonho de escrever - e encantar - crianças e jovens.

Mirian ainda tem um blog http://belezaliteraria.blogspot.com.br/ e uma página na rede social facebook em que posta mensagens, textos, contos e pensamentos de uma jovem mulher que vê a vida com a beleza dos olhos de uma criança, a firmeza e ousadia de um jovem e a determinação de uma mulher.

Printed in Poland
by Amazon Fulfillment
Poland Sp. z o.o., Wrocław